AF203526

Inhalt

SHUNKAN LYLE

1

Arina Tanemura
Yui Kikuta

Wenn ich aufmerksam lausche, kann ich eine Stimme hören. Alles begann in jener Nacht, in der das Plätschern des Wassers zu hören war ...

Und Gott
sprach ...

»Lass uns
einen Handel
um Leben und
Tod einge-
hen!«

Nacht 1

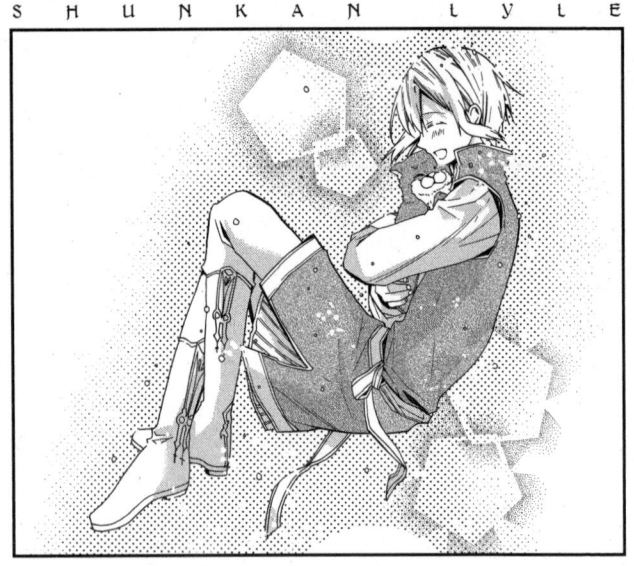

Linkanel, der heute mit seinen 16 Jahren die Volljährigkeit erreicht, verfügt seit seiner Geburt ...

... über ungewöhnlich starke magische Kräfte, die jene aller bisherigen Prinzen in den Schatten stellen.

Da nicht einmal er selbst diese enormen Kräfte beherrschen würde ...

... versah der König diese mit einem Bann, als der Prinz noch klein war ...

... auf dass sie bis zu seiner Volljährigkeit versiegelt bleiben sollten.

Ebendieser Bann wird mit dem heutigen Tag aufgehoben.

WUFF

WUFF

Also ...!
Was habt
ihr kleinen
Hunde denn
hier zu su-
chen?!

Bitte ent-
schuldige,
Patos! Aber
die Kleinen
sind mir gu-
te Freunde!

WUFF
WUFF

Linkanel-
sama ...

Nach
der Voll-
jährigkeits-
zeremonie
werde ich
nicht mehr
mit ihnen
draußen
spazieren
gehen kön-
nen ...

Wie niedlich, dass du dir darüber Sorgen machst!

Jetzt kann ich nicht mehr dorthin zurück.

Er sah wunderschön aus ...

Keine Sorge. Ich habe ihn im Schatten verborgen beobachtet.

Waaas? Ist Ihnen auch nichts passiert?!

Ich werde dich begleiten und beschützen!

Du kannst immer noch dorthin!

Nun ...

Es wird Zeit!

...

Dafür muss er zunächst ein zweimonatiges Prozedere durchlaufen und dreißig Begleiter vorweisen können.

König des magischen Reiches!
Hörst du dir meinen Wunsch an?
Wa...
Was ist Euer Wunsch ...?
Ich wünsche mir den wunder-schönen ...
... Prinz Linkanel, der so mächtige Zauber-kräfte be-herrscht!

Ah!

KNURR

Bitte lasst mich nur den Kleinen hier mitnehmen!

Ich möchte wenigstens ...

Er ist das jüngste der Geschwister!

Russwin-sama! Russwin-sama, ich bitte Euch!

WINSEL

Er ist mein allerliebster Freund ...

Ja ...

Ist dir dieser Hund wirklich so wichtig?

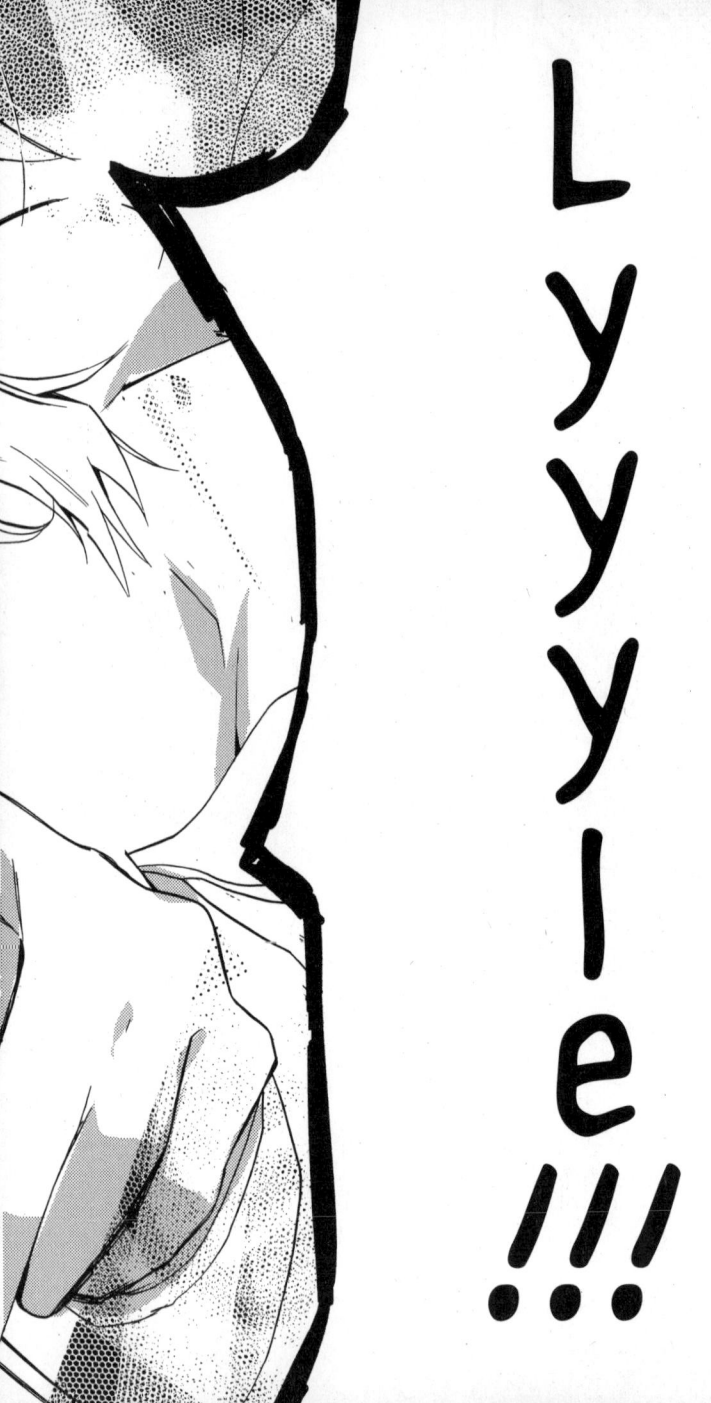

Lyyyle!!!

TSCHILP TSCHILP

Meinen Linkanel-sama ...

Ich habe ihn ... auch dieses Mal nicht retten kön-nen.

Haah!

Haah!

Wieder ...

... der gleiche Traum ...

Ah, Morgen, Yoichi-kun*!

Hier, dein Frühstück!

Guten Morgen!

Vielen Dank!

IGNORIER

Yoichi, Morgeeen!

Zu Hause fühle ich mich nicht so wohl.

Ich wohne mit meinem Papa und meinem gleichaltrigen Halbbruder Kaoru und meiner Stiefmutter Sumire-san** zusammen.

Hallo! Ich bin Yoichi Kanba ...

... High-school-Schüler im ersten Jahr ...

Buwah ha ha ha ha!!

Pfui Teufel!!

Ich probier's mal!

Sieht so aus, als ob die Nudeln weich sind ...

Und?

HIBBEL

HIBBEL

HIBBEL

Unbekümmert wie eh und je!

Du bist wie immer gut drauf, Yoichi!

Als ob es Menschen gibt, die gar keine Sorgen haben ...

Tja, so bin ich! ☆

Ist dieses quälende Gefühl wirklich nur Einbildung?

Herr ...

War das alles nur ein Traum?

Ich würde ihn so gerne wiedersehen ...

Ich finde sie ja ziemlich süß ...

Genau! Anscheinend hat sich ihr Zustand plötzlich verschlechtert. Es sieht gar nicht gut aus!

Wakaba Tennoji aus unserer Stufe!

Ach übrigens, erinnerst du dich an dieses Mädchen?

Echt jetzt?!

Ach, echt?! Du auch?! Ich find sie auch süß!

TIPP TIPP

Ja! Das ist doch die, die in der ersten Mittelschulklasse einen Unfall hatte und seitdem nicht wieder aufgewacht ist, oder?

... und Kaoru, der Junge, mit dem ich immer gespielt hatte.

... lebten auch seine Ehefrau ...

Ich weiß nicht, wieso Kaoru immer bei uns zum Spielen war ...

... aber als ich dort einzog, haben wir kaum noch miteinander gesprochen ...

Meine Mutter war seine Geliebte gewesen ...

... und ich sein heimliches Kind.

Im Klartext heißt das, sie war seine rechtmäßige Ehefrau und Kaoru das Kind der beiden.

Aber noch mehr liegt mir auf der Seele, dass ich seit diesem Unfall vor sechs Jahren einen seltsamen Traum habe.

Einen Traum?

...

KLACKER

Das ist doch klar!

Dann würde ich meinen Herrn retten!!

Was?

Dann verrate ich dir einen Trick.

Ich liebe ihn. Ich liebe ihn seit jeher ...

... meinen Linkanel-sama ...

Lege diese magische Münze neben dein Kopf-kissen.

Wenn ich diese Münze neben mein Kopfkissen lege, soll ich endlich sehen können, wie der Traum weitergeht?

Das klappt doch nie im Leben ...

In deinem Traum ...

Umgekehrt habe ich heute zum ersten Mal jemandem von dem Traum ...

... und von meiner Mutter erzählt.

... wirst du bestimmt in den Besitz der Magie des Königreichs kommen ...

Was soll's?! Einen Versuch ist es wert ...

SCHLUMMER

?!

Ein Kind?!

Was willst du denn hier?

Das Gleiche könnte ich auch sagen ...

Bist du der Laufbursche eines Meisters? Kleidung wie deine hab ich noch nie gesehen ...

Weißt du, wir waren auf der Jagd nach einem Dieb.

Entschuldige!

Shy!

Wenn du ihn so harsch ansprichst, bekommt er nur Angst!

Ah!

Aah ...

... die magische Münze ...

Den West-wald von Linfardo Ilugalia ...

... und ... und ...

Ich habe ihn ge-funden.

Nacht 2

... Herr ...

Mein heiß
geliebter
und einzig-
artiger ...

Linkanel-sama,
in den sich der
Wassergott Russ-
win auf den ersten
Blick verliebte und
den er daher mit
sich fortnahm ...

... und hat sich seit jenem Tag nicht ver-ändert.

Er ist noch am Leben ...

TRAPPEL

TRAPPEL

Hm?

Ah ...
Was ist es heute doch wie-der ruhig und son-nig ...!

TSCHILP

TSCHILP

FSST

FSST

Ja, guten Tag! Das bin ich!

Herr Wahrsageeer ...!!

Ich habe es nach Linfardo Ilugalia geschafft!!

Ich habe dort meinen Herrn wiedergefunden!!

Im Wald ... da ...!

Bei Einbruch der Dunkelheit ... meinen Herrn ...!

Münze! Kosinus ...!

HAST

HAST

HAST

Schon gut! Beruhige dich erst mal.

... damit sich ...

... dein Wunsch erfüllt!

Ich habe sie lediglich mit einem Zauber belegt ...

Meines Wissens ist sie nichts Besonderes ...

Was hat es mit dieser Münze auf sich?

Was wissen Sie über sie?

Mein Wunsch ...

Gib mir die Münze bitte zurück.

Ah ...!

Jetzt, da du dich verge-wissert hast, dass es dei-nem Herrn gut geht, kannst du beruhigt sein ...

Was machen Sie da?!

... und diese Welt vergessen!

Wenn nicht ...

... wirst du nie mehr zurückkeh-ren kön-nen!

... ge-
fährlich!

Es ist
zu ...

Ah ... Auch heute ist er wieder von Mädchen umringt und sieht dabei blendend aus ...

... unser Prinz der Dämmerung, Kaoru-sama ...

Wir spielen jetzt mit Alufolienbällen Tischtennis!!

Vergiss es einfach, Yoichi!

Yeah!

... und zweitens sind Mädchen keine gewöhnlichen Menschen ...

Die kommen von einem anderen Planeten!

Erstens hat er den besseren Namen* ...

Gib's auf, Marimo ...

... wir dagegen überhaupt nicht gut an?

Warum kommen ...

*»Kaoru« bedeutet »wohltuender Duft« oder »Schönheit«.

Was machen diese drei Idioten denn wieder?!

Männer sind nichts als Tiere!

Ha ha ha ha ha!

Mit denen kann man gar nicht aufschlagen!

KULLER KULLER

Er weiß, dass es mir in Wahrheit egal ist, ob ich wieder zurückkommen kann.

Der Wahrsager hat mich durchschaut.

Und Marimo und Kakki mag ich zwar sehr ...

... aber das ist nun mal nicht dasselbe.

Nach außen hin gebe ich mich als den liebenswerten Schüler ...

... aber ich hasse meinen Vater dafür, dass er meine Mutter verlassen hat.

68

Sie besuchen ...?

Wie ...?

Würdest du sie mit mir besuchen?

Ah ...!

N... Nein, wir sind nur Schulkameraden.

Wir kennen uns schon seit der Grundschule ...

Ich dachte, sie ist schon eine ganze Zeit lang bewusstlos ...

Ehrlich gesagt bekommt sie überhaupt keinen Besuch mehr ...

Ich dachte, es würde vielleicht etwas bringen, wenn ein Freund sie anspricht.

Entschuldige, dass ich dich aufgehalten habe ...

SUCH   SUCH

Und hopp!

Schauen wir doch mal ...

Ah, das ist sie!

... aber ich möchte unbedingt Linkanel-sama wieder-sehen!!

Tut mir leid, dass ich darum bitte ...

79

Hm?

Das ist doch ...

Juchhu!! Ich bin wieder zurück!!

Linfardo Ilugalia ...!!

... und überhaupt ist das 16 Jahre her und ich kann mich nur vage daran erinnern ...

... aber da war ich ja ein Hund und hab mehr auf Linkanel-sama geachtet als auf die Umgebung ...

Ich bin zwar mit Linkanel-sama oft in der Stadt unterwegs gewesen ...

Ich darf hier nicht so rumschreien! Ich muss Linkanel-sama finden ...!

ZUCK

Aber wo geht's ...

AHNUNGSLOS

... zum Westwald?

Raargh!

Das Tor ist jetzt schon zu.

Das ist gefährlich. Geh da lieber nicht hin.

Zum Westwald?

Ähm ... Wie komme ich zum Westwald?

Das darf nicht wahr sein ...

FUUUH

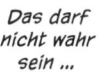

Ich hab Hunger ...

DRÖPPEL

Was mach ich nur? Jetzt bin ich schon mal hier ...

... und kann Linkanel-sama nicht mal suchen?!

TROTT

TROTT

BRUTZEL

Sieht das gut aus ...!

So ein Mist! Ich hab kein Geld in passender Währung!

Hätte ich mir denken können ...

Garan?! Nicht Yen?!

Entschuldigung, wie viel kostet das?

Das macht 50 Ga-ran!

Huch?!

!!

Diese Münze hab ich ja auch noch ...

Wie kannst du so was Wertvolles einfach ...?!

Wie?

Was hat sie denn?

Pack die schnell wieder ein!!

Dies ist ein Königreich voller Magie, also ist diese Münze vielleicht auch magisch.

Diese Münze gehört offenbar nicht zur Währung hier ...

TSCHACK

SWUSCH

!!

Linkanel-samas führender Leibwächter ...

Gate ...

...

Ons!

Gate-sama! Hier wart Ihr also!!

Darüber weiß ich schon Bescheid!

Ach ...

Jawohl!

Ihr durchsucht das Ost-Tal!

Ich verlasse die Stadt und durchsuche den West-wald!

WUSCH

Und nun zu dir. Was hast du ...?

Wo ist er hin?

Huch?!

Ich konnte zwar nicht hören, wonach er suchen will ...

»Ich verlasse die Stadt und durchsuche den West-wald!«

... aber das ist meine Chance!

LAUER

Hä?!

SWUSCH

Wenn ich Gate folge, führt er mich direkt zum Westwald!

Der ist ja schneller als der Blitz!

Wie kann er schon so weit weg sein?!

Wenn ich Gate aus den Augen verliere, komme ich nie zum Wald ...

Linkanel-sama!

Ver-dammt!

HAST

Das ist wohl das Stadttor ...

So viele Soldaten ... An denen ... komme ich doch nie vorbei ...

So ein Mist ... Gate ist mit voller Kraft vorausgerannt ...

Wieso ... zeigt dieser Kerl keinerlei Schwäche?!

N... Nicht ... ... zu ... fassen ...!

!

Wie schaffe ich es nur, zum Wald zu kommen?

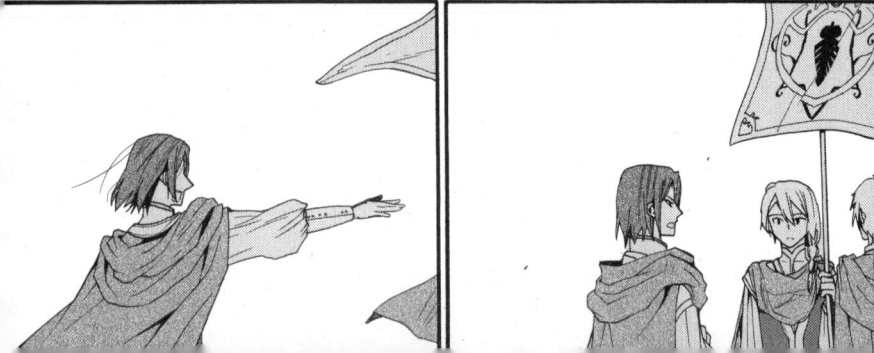

Ach ja ...

Sie sollten irgendwas suchen!

Die Soldaten sind alle durchs Tor raus!

SCHLEICH

Ge-schafft!

Dieses Tor ...
Hier funkeln lau-
ter Lichter. Es ist
anders als beim
letzten Mal ...

Der
Westwald ...

Es wirkt
alles wie ver-
zaubert ...

Das erinnert
mich an das
Totenfest* ...

... zu dem mei-
ne Mutter jedes
Jahr mit mir
gegangen ist,
um Laternen
schwimmen zu
lassen ...

Yoichi
...

... der mich in
nur einem einzi-
gen Augenblick
in die Isolation
katapultiert.

Die Einsam-
keit ist wie ein
Windstoß ...

... wenn
du noch am
Leben bist ...

Linkanel-
sama ...

... lass mich
bitte noch
einmal bei dir
sein ...

SHVNKAN
LYLE

Nacht 3

Gwaaah?!
Oje! Illu-chan, du bist ja auf 180!
Komm schon, beruhige dich!
Wir werden ihn schon nicht gleich umbringen.
LÄCHEL
Gate ...
SCHLUCHZ
Wir werden ihn vor Gericht stellen und dann kommt er unter die Guillotine.
Gaaate!! Du Mistkerl!!

Wenn sie die »Gesangs-prinzessin« war, dann müsste hier auch so eine Münze liegen.

KLAPPER

Eine magische Münze, welche die beiden Welten miteinander verbindet.

LEER

Hier ist nichts ...

Wie kann das sein ...?

SCHRECK

Oh!

Meine Tochter mochte Löwenzahn auch sehr gern ...

Ich freue mich sehr ...

Tatsäch-lich!

Oh ja! Wakaba-chan hat sie wie einen kostbaren Schatz gehütet!

Hatte sie nicht vielleicht eine Münze, die dieser hier ähnelt?

Ja ...

Eine Münze?

Man merkt, dass ihr gleich alt seid!

So etwas war wohl damals im Trend.

Als Wakaba-chan noch klein war, wurden solche Münzen im Buchladen verkauft!

Ah, Kaoru-kun, lass uns essen!

Dein Vater kommt heute später nach Hause und Yoichi ist schon schlafen gegangen.

So früh?

SCHURR

Lass uns essen.

Du redest sonst nie!

Oh, wie ungewöhnlich!

Begrüßen tue ich die Leute schon.

Ich bin da!

Hah!

In Linfardo Ilugalia!!

BRUTZEL

Aber wo genau ...

... bin ich hier?

Ist das wieder die Stadt?

W... Was machst du denn?!

Schnell, versteck dich!

Was? Wieso?

!!

Ah, die Dame vom Fleischstand! Guten Tag!!

Entschul-
digt mich,
aber meine
Zauber-
kraft ist
versiegt ...

Hm?

SWISCH

SINK

Mist,
das Seil
hat nicht
gehalten!

Das
heißt ...

Stehen
bleiben!
Haaalt!!

SAUS

Nichts
wie weg
hier!!

SHUNKAN LYLE

Nacht 4

Wie ist er bloß in die Stadt gelangt?

Tut mir leid, Junge, aber ich habe den Befehl von oben, dich festzunehmen!

Die vier Tore waren doch streng bewacht ...

Wenn er sie wirklich entführt hat, haben wir keine Wahl.

Tia-sama ist für dieses Land unverzichtbar.

Und außer der Wache kann niemand die Stadt überfliegen. Es ist mir wirklich ein Rätsel ...

GERADEHERAUS

Wenn du jetzt brav mitkommst, hast du vielleicht noch eine Chance, dich zu rechtfertigen ...

Hä?

Wie das denn?

Damit niemand es wagt, sich der Gesangsprinzessin zu nähern!

Wir setzen doch die Guillotine als Abschreckung ein!

Allein die Tatsache, dass er in ihrer Nähe war, rechtfertigt ein Todesurteil!

Ein Beweis schützt ihn auch nicht!

Wenn bewiesen werden kann, dass du nicht der Entführer bist ...

Das weißt du doch besser als ich!

Also wirklich ...

Der wird niemals auf dich hören!

Ich werde Gate vorschlagen, dir eine milde Strafe zu geben ...

Wo bin ich ...?

Nnh ...

Im Gefängnis ...?

Sieht wie in einem Freizeitpark aus ...

Wahnsinn ...

STAPF

Warum hast du dich nicht gewehrt ...?

So sieht man sich wieder!

Oh ... ... du bist aufgewacht!

Bitte haltet euch zurück.

Wir sind nur hier, um ganz sicherzugehen.

Tia-sama!! Euch an einem Ort wie diesem zu sehen ...

Tia-sama ...

Keine Angst, ich bin bei euch.

NICK

Tia-sama, kennt Ihr diese Person?

Ich habe dich im Krankenhaus besucht! Du warst die ganze Zeit bewusstlos!

Wakaba! Du bist doch Wakaba Tennoji, oder?!

Deine Mutter hat sich Sorgen um dich gemacht!!

Was geschieht
hier ...?

Ist das wirklich nur
ein Traum ...?!

Werde
ich ...
sterben?

Nein,
ist es
nicht ...

Oder nur in
einen tiefen
Schlaf ver-
sinken, so wie
Wakaba?

Was ist, wenn
sich nur mein
Geist in Lin-
fardo Ilugalia
befindet?

Was pas-
siert dann
mit meinem
realen Ich?

SCHAUDER

Wobei ...

Was wäre
so schlimm
daran, wenn
ich sterbe?

... aber ...

Marimo und
Kakki würde
ich zwar ver-
missen ...

Mein Leben
ist sowieso
wie ein Haufen
Scheiße ...

Ich ...

Ich bin ja
eh nur im
Weg ...

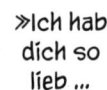

»Ich hab
dich so
lieb ...

... Lyle!«

Nacht 5

Wir bitten Euch, ihn aus Respekt vor uns Ordo-Brüdern zu verschonen ...

Hey ...

Bringt ihn nicht um, klar?!

Gate-sama!! Wir bitten Euch!

Dieser Junge ...

Wa... Wa... Was ist denn ...

... auf einmal mit euch los?

Was ...?

Lyle ...

Erin- nerst ...

... du dich an uns?

... geliebte kleine Schoß- hunde ...

Wir waren alle Linkanel- samas ...

Wir sind's, deine großen Brüder!

Nun ja, belassen wir es erst mal dabei.

... und aus einer anderen Welt hierherkommen würde, hätte wohl niemand gedacht ...

Dass der Lyle von damals wiedergeboren werden ...

Wartet mal, ihr habt von Anfang an gewusst ...

... dass ich unschuldig bin, oder?!

Ich hatte es zwar vermutet, aber die Aussage der Gesangsprinzessin stand nun mal gegen dich.

KNIRSCH

Die Strafe wird vorerst zurückgestellt.

Ugh!

Außerdem stand außer Frage, dass du unrechtmäßig nachts im Wald warst.

Da er sich in der Stadt aufgehalten hat, als die Gesangsprinzessin entführt wurde, ist es wahrscheinlich nur noch eine Frage der Zeit, bis er auf Kaution freigelassen wird.

Tja ...

Wir werden sie später dazu befragen, was ihre wahre Absicht war.

Ich frage mich, warum sie gelogen hat.

Seit jenem Vorfall haben wir nichts mehr von ihm gehört.

Wir suchen ihn auch, aber göttliches Land ...

... können wir nicht betreten.

Genau.

In all der Zeit ...?

Ich kann nicht zaubern.
Ich bin ein Schifus.
Ein Schifus ...
Tut mir leid, Lyle ...
Ich konnte ihm nicht helfen.

Das Herzeleid des Königs und der Königin ist unermesslich ...

... und das Land befindet sich in unendlicher Trauer.

Ich sag doch, dass beim Klang des Wortes »Entführung« alle die Hosen voll hatten!

Es gibt doch eine ganze Armee an Leibwächtern!!

Gah!

Linkanel-samas älterer Bruder wurde als Kind ...

... ebenfalls von einem Unbekannten entführt.

Deswegen hat man Linkanel-sama überaus sorgsam behütet aufwachsen lassen.

Wie könnte es auch anders sein!

Dass sich trotz alledem ein Gott in ihn verlieben würde ...

Ohne Linkanel-sama ist diese Welt in tiefschwarze Nacht gehüllt!

Aber verlasse nach Mitternacht das Zimmer nicht mehr!

Ruh dich heute Nacht gut aus.

Du kannst in Shys und Milas Zimmer schlafen.

Ah ... okay!

?

バタン...
RUMS

So, Lyle, ich werde dich jetzt waschen!

Was?! Nein!! Nicht nötig!!

Was genierst du dich denn so?! Ich habe dich doch früher immer gewaschen!

Gate-sama hat es dir doch schon gesagt, oder? Im Zimmer von Mila-sama und Shy-sama!

Wo soll ich schlafen?

Ja ...

... perfekt.

BLITZSAUBER

Danke, Patos ...

Offenbar können sie es kaum erwarten, ihren kleinen Bruder in die Arme zu schließen!

Sie haben mir vorhin schon damit in den Ohren gelegen, dass ich dich so schnell wie möglich herbringen soll ...

Mach dich besser darauf gefasst, was heute Nacht auf dich zukommt!

...

FUPP

Wir waren ja nur als Hunde Geschwister und das ist lange her ...

Außerdem komme ich aus einer anderen Welt ...

Das macht mich irgendwie nervös ...

DO DO DOMM

Wie im USJ*.

Dieses Schloss ist so prächtig.

Das ist also unser Zimmer ...

*Universal Studios Japan (Themenpark)

Vorhin war ich so überwältigt, dass ich heulen musste, aber jetzt ...

DODODOMM

WAMM

Mila ... Bruderherz ...

Seit dem Tod meiner Mutter dachte ich, dass ich ganz allein auf der Welt wäre ...

Mein Vater ist zwar noch da, aber er redet nicht mit mir.

Ich war die ganze Zeit so einsam ...

Aber jetzt sehe ich das anders ...

Also ... ich meine ...

Shy ...
Er ist eingeschlafen!
Komm her, aber sei leise!
HECHEL
HECHEL
Komm, jetzt kannst du ihn streicheln.
STREICH
Uwah ...! Seine Haut ist so weich!
Ach, Lyle ...!

Ja ...

Bleib
mir
vom
Leib
...!!

WOMM

BLINZEL

Hm ...

Shunkan Lyle 1 / Ende

Special Thanks!

An unsere
Assistenz
Ashitaba-san ♣
An unsere
Kolorationsassistenz
Saaya-san

Danke, dass ihr Band ① von Shunkan Lyle gelesen habt! ♪

Guten Tag! Es freut mich, euch kennenzulernen, ich bin Arina Tanemura. Vielen Dank, dass ihr euch Shunkan Lyle als Lesestoff ausgesucht habt! Bei diesem Manga bin ich hauptsächlich für das Skript zuständig, aber manchmal fertige ich auch Skizzen an oder Yui Kikuta-sensei* hilft mir bei der Ausarbeitung des Werks. Wir zwei sind wirklich ein Herz und eine Seele, daher ist alles Teamwork. Weil ich bisher kaum Erfahrung mit männlichen Protagonisten hatte, macht es mir ziemlich viel Spaß. Ursprünglich wollte ich Yoichi-kun zu einem coolen und attraktiven Typen machen, aber als ich dann mit dem Zeichnen anfing, wurde aus ihm ein zutraulicher kleiner Hund (*ha ha*). Bitte bleibt uns treu und holt euch auch Band 2! ☆

Ich liebe Zwillinge!

Der hochgewachsene Mila-kun macht einiges mit.

Dieser Shy-kun sieht sich selbst nicht sehr ähnlich.

*Anrede für Kunstschaffende, Lehrkräfte und medizinisches Fachpersonal

Nachwort

Guten Tag! Mein Name ist Yui Kikuta, ich bin für die Ausarbeitung des Manuskripts zuständig. Mit Arina Tanemura-sensei zusammenzuarbeiten macht mich zwar ziemlich nervös, aber gleichzeitig macht es auch unheimlich großen Spaß. Jedes Mal, wenn ich von Arina Tanemura-sensei die Rohskizze (also die grobe Vorzeichnung mit Panel-Layout und Sprechblasentext) bekomme, bin ich genauso aufgeregt wie ihr.

Ich hoffe, dass wir weiterhin als Team an *Shunkan Lyle* arbeiten können. ♡ Bitte unterstützt uns dabei! ♡

Übrigens gefallen mir als Charaktere die Zwillingsbrüder am besten. Am liebsten zeichne ich Gate-san und Tia-chan. ♡

Arina Tanemura

Hallo, ich bin Arina Tanemura, die Autorin dieses Werks.
Herzlichen Dank, dass ihr zu *Shunkan Lyle* gegriffen habt.
Da ein Junge die Hauptfigur dieser Geschichte ist, erlebe ich
das Schreiben noch einmal von einer ganz neuen Seite.
Bitte seht euch nach Herzenslust satt an den wunderbaren
Zeichnungen von Yui Kikuta-sensei!

Yui Kikuta

Ich bin Yui Kikuta, die für das Artwork zuständig ist. Weil
dies mein erstes Gemeinschaftswerk ist, bin ich sehr aufgeregt,
aber gleichzeitig macht es auch unheimlich viel Spaß. Wir werden
weiterhin fleißig zusammen daran arbeiten. Daher freuen wir
uns sehr, wenn ihr uns auf diesem Weg begleitet!

TOKYOPOP GmbH
Hamburg

TOKYOPOP
1. Auflage, 2024
Deutsche Ausgabe/German Edition
© TOKYOPOP GmbH, Hamburg 2024
Aus dem Japanischen von Constanze Thede

SHUNKAN LYLE
© 2016 Arina Tanemura © 2016 Yui Kikuta
All rights reserved.
First published in Japan in 2016 by Ichijinsha Inc., Tokyo.
Publication rights for this German edition arranged through
Kodansha Ltd., Tokyo.

Redaktion: Benjamin Spinrath
Lettering: Vibrant Publishing Studio
Herstellung: Alina Kronenberg
Druck und buchbinderische Verarbeitung:
CPI–Clausen & Bosse GmbH, Leck
Printed in Germany

Wir achten auf die Umwelt.
Dieses Produkt besteht aus FSC®-zertifizierten
und anderen kontrollierten Materialien.

ISBN 978-3-8420-9703-2